Andrea Maria Wagner

Unheimliches im Wald

Deutsch als Fremdsprache

Ernst Klett Sprachen
Stuttgart

Andrea Maria Wagner
Unheimliches im Wald

1. Auflage   1 ^{5} ^{4} ^{3} ^{2} ^{1} | 2013 12 11 10 09

Alle Drucke dieser Auflage sind unverändert und können im Unterricht nebeneinander
verwendet werden.
Die letzte Zahl bezeichnet das Jahr des Druckes. Das Werk und seine Teile sind
urheberrechtlich geschützt. Jede Nutzung in anderen als den gesetzlich zugelassenen
Fällen bedarf der vorherigen schriftlichen Einwilligung des Verlags. Hinweis zu § 52 a
UrhG: Weder das Werk noch seine Teile dürfen ohne eine solche Einwilligung eingescannt
und in ein Netzwerk eingestellt werden. Dies gilt auch für Intranets von Schulen und
sonstigen Bildungseinrichtungen. Fotomechanische oder andere Wiedergabeverfahren
nur mit Genehmigung des Verlags.

Redaktion: Jutta Klumpp-Stempfle
Layoutkonzeption: Elmar Feuerbach
Illustrationen: Ulf Grenzer, Berlin
Gestaltung und Satz: Eva Mokhlis; Swabianmedia, Stuttgart
Umschlaggestaltung: Elmar Feuerbach
Titelbild: Ulf Grenzer, Berlin
Druck und Bindung: AZ Druck und Datentechnik GmbH, Heisinger Straße 16,
87437 Kempten/Allgäu
Printed in Germany

Tonregie und Schnitt: Ton in Ton Medienhaus, Stuttgart
Sprecher: Nils Weyland

ISBN 978-3-12-557003-0

Inhalt

N
W ←→ O
S

Schleswig-
Holstein
Kiel

Mecklenburg-
Vorpommern
Rostock

Hamburg
Hamburg

Bremen
Bremen

Niedersachsen

Hannover

Berlin
Berlin

Potsdam

Magdeburg

Brandenburg

Sachsen-Anhalt

Nordrhein-Westfalen

Düsseldorf

Sachsen

Dresden

Erfurt

Hessen

Thüringen

Rheinland-
Pfalz

Wiesbaden

Mainz

Saarland
Saarbrücken

Stuttgart

Bayern

Baden-
Württemberg

München

4

Nordrhein-Westfalen
- ca. 18 Millionen Einwohner 🧍
- Landeshauptstadt: Düsseldorf
- Wirtschaft: Tourismus, Industrie (Ruhrgebiet)
- Tourismus (Städte): Köln, Düsseldorf, Bonn
- Spezialität: Schokolade (Aachen), Senf (Monschau, Düsseldorf)
- Sport: Formel 1 (Nürburgring), Fußball

www.nrw-tourismus.de

Monschau
- ca. 13.000 Einwohner 🧍
- liegt in der Eifel
- Sport: Wandern, Skifahren

www.monschau.de
www.rotes-haus-monschau.de
www.senfmuehle.de
www.eifel.de

der Mond

der Förster

der Wald

der Hochsitz

die Leiter

der Weg

1 / Klassenfahrt nach Monschau

Stefan und Leon gehen in ein Gymnasium in Aachen. Im Mai fahren sie mit ihrer Klasse nach Monschau. Die kleine Stadt Monschau liegt südlich von Aachen in der Eifel.

> **Jugendherberge Burg Monschau**
> *750 Jahre alt*

🌲

Am nächsten Tag gehen die Schüler mit ihren Lehrern Frau Breitner und Herrn Linder zum Marktplatz von Monschau.
„Wo ist denn das Zentrum?", will Anja wissen.
„Das ist das Zentrum", antwortet Frau Breitner.

„Das ist ja ein Mini-Zentrum!" Anja findet es nicht interessant. Sie ist neu in der Klasse und kommt aus Berlin. In Berlin ist alles groß, hier ist alles so klein.

„Frau Breitner, was machen wir heute noch?", fragt Stefan.

„Wir gehen ins Museum *Rotes Haus*", antwortet Frau Breitner.

„Was gibt es dort zu sehen?", fragt Anja.

„Da gibt es viele Zimmer, Bilder, Möbel, eine Treppe aus Holz …"

„Muss das sein?", sagt Stefan leise zu Leon.

„Ja, und danach gehen wir in die Senfmühle", sagt Frau Breitner.

Senf
Spezialität: Würstchen mit Senf!

„Und was machen wir heute Abend, Frau Breitner?", fragt ein anderer Schüler.

„Wir warten, bis es dunkel ist. Dann gehen wir in den Wald."

„Super Idee!"

„Das ist viel interessanter als ein Museum!", sagt Leon.

Am Abend sind sie wieder in der Jugendherberge.

„Frau Breitner, was gibt es zum Abendessen?", fragt Anja.

„Nudeln mit Tomatensoße."

„Hm, lecker", sagen Stefan und Leon.

Nach dem Essen sagt Herr Linder: „Jetzt könnt ihr Tischtennis oder Karten spielen. Und um neun Uhr treffen wir uns am Eingang."

„Stefan, komm! Es ist schon neun Uhr!", sagt Leon.

„Einen Moment, ich will noch meine Taschenlampe holen!"

„Nein, wir gehen doch alle ohne Taschenlampe! Eine Nachtwanderung mit Taschenlampe ist langweilig! Jetzt komm endlich!"

2 / Es geht los! 🔘

„Leon, Stefan! Wir warten alle! Der Bus kommt gleich!", ruft Frau Breitner. „Wenn wir zu spät sind, müssen wir auf den nächsten Bus warten. Der kommt erst in einer Stunde."

Sie wollen ein paar Kilometer mit dem Bus fahren und dann zu Fuß in den Wald gehen. Der Bus kommt. Alle Schüler steigen ein. Sie fahren 20 Minuten und steigen dann wieder aus.

„So, wir gehen hier in den Wald. Hier ist eine Liste. Zwei Schüler gehen zusammen los", sagt Herr Linder.

„Hoffentlich sind wir in einer Gruppe!", sagt Leon zu Stefan.

„Leider nicht. Hier sieh mal!"

„Oh nein, Anja ist in meiner Gruppe", sagt Leon. „Wie blöd!"

Die Jungen mögen Anja nicht. Sie finden sie arrogant. Immer sagt sie: „In Berlin ist alles ganz anders – viel größer …"

„Hi, Leon", sagt Anja.
„Hoffentlich hat sie das nicht gehört …", denkt Leon und sagt:
„Hallo Anja!"

„Hört bitte alle zu!", sagt Frau Breitner. „Hier gehen wir in den Wald. Der Weg geht einen Kilometer geradeaus, dann nach rechts und dann nach links. So kommen wir automatisch wieder zur Bushaltestelle."

„Aber ohne Taschenlampe sehen wir nichts", meint ein Schüler.
„Es ist Vollmond. Ihr könnt also etwas sehen."
„Ich gehe als Erster. Ich habe ja eine Taschenlampe", sagt Herr Linder.
„Ja, und dann geht Gruppe 1 los, fünf Minuten später Gruppe 2, dann Gruppe 3 … Und ich gehe als Letzte. Ich habe auch eine Taschenlampe", erklärt Frau Breitner.

„Komm endlich, Leon!", ruft Anja.

„Na dann, viel Spaß!", sagt Stefan und lacht.

„Leon, du gehst lieber mit Stefan. Das weiß ich. Aber ich habe die Liste nicht gemacht."

„Ist schon o.k., Anja."

Sie gehen los.

3 / Schlechtes Wetter

Anja und Leon gehen durch den Wald. Es ist sehr dunkel. Sie sprechen nicht. Es ist ganz leise im Wald. Aber plötzlich hören sie etwas. Es ist sehr laut.

„Was ist das?", fragt Leon.
„Donner. Gibt es in Aachen keine Gewitter?" Anja lacht.
„Natürlich gibt es in Aachen Gewitter", antwortet Leon.
Plötzlich hören sie wieder einen Donner. Dann regnet es sehr stark.

14

„Komm schnell, Leon. Wir stellen uns unter einen Baum. Da werden wir nicht so nass!", sagt Anja.

„Bist du verrückt? Das ist gefährlich!", ruft Leon. „Bei Gewitter soll man nicht unter einem Baum stehen! Aber du kommst ja aus Berlin – vielleicht gibt es in der Großstadt keine Bäume und du weißt nicht, wie gefährlich das ist …"

„Natürlich gibt es in Berlin Bäume! Jetzt komm! Wir werden nass!"

„Aber hier werden wir auch nass. Wir gehen noch ein Stück weiter", sagt Leon.

Es ist sehr dunkel.

„Hoffentlich finden wir den Weg wieder", denkt Leon.

4 / Was ist das?

Anja und Leon sind im Wald. Sie warten fünf Minuten, zehn Minuten ...

„Anja, es regnet nicht mehr. Wir können zum Weg zurückgehen."

„Ja, klar."

In dem Moment hören sie etwas. Es ist kein Regen. Es ist auch kein Donner. Sie hören ein lautes Knacken.

„Was ist das?", fragt Anja.

„Stefan, bist du das?", ruft Leon.

Stefan antwortet nicht. Aber wieder hören sie ein sehr lautes Knacken.

„Was ist das?" Anja hat jetzt große Angst.

„Vielleicht Wildschweine. Wir sind ja im Wald." Leon lacht. „Wildschweine? Die sind gefährlich!", sagt Anja. „Komm, wir müssen schnell weiter!"
„Hast du Angst? Angst vor Wildschweinen? Wir sind hier in der Natur!" Leon lacht wieder.

Es ist dunkel.
„Siehst du den Weg?", fragt Anja.
„Nein!"
„Wir können doch rufen. Vielleicht hören uns die Lehrer", meint Anja.
„Hallooooo! Halloooooo!", ruft Leon sehr laut.
Da hören sie wieder ein lautes Knacken.
„Schnell, wir müssen einen sicheren Platz finden! Wildschweine sind sehr gefährlich!", sagt Anja. Sie ist nervös.

„Hallo Wildschweine! Hallo! Wo seid ihr? Anja möchte so gerne ein Wildschwein sehen! Sie kommt nämlich aus der Großstadt Berlin …"

„Bist du verrückt?", fragt Anja. „Hast du schon mal ein Wildschwein gesehen?"
„Ja klar, im Zoo!", sagt Leon und lacht.

5 / Achtung Wildschweine!

Sie gehen weiter. Da! Schon wieder hören sie ein sehr lautes Knacken. Jetzt hat auch Leon Angst. Wildschweine können sehr gefährlich sein. Ihre Zähne sind sehr groß.
„Anja, komm! Wir müssen weg hier! Schnell!"
„Aber wohin?"
„Das Knacken kommt von rechts … dann gehen wir nach links", meint Leon.

Anja und Leon gehen weiter. Aber das Knacken wird immer lauter.

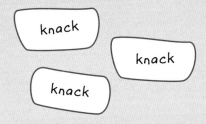

„Leon, sieh mal! Da ist ein Hochsitz!"
„Wo denn?"
„Da vorne …!"
Anja geht zuerst nach oben. Wieder hören sie ein sehr lautes Knacken …
„Komm schnell nach oben", ruft Anja.
Leon steht jetzt neben Anja.
„Da, sieh mal …!", ruft Anja.

„Ein Wildschwein …!", ruft Leon.
Das Wildschwein ist sehr aggressiv. Es läuft immer wieder gegen
die Leiter.
„Sei leise, Leon! Das Wildschwein wird noch aggressiver, wenn du
so laut bist."

6 | Anja weiß viel 🔊

„Warum weißt du so viel über Wildschweine?", fragt Leon. „Du kommst doch aus Berlin ..."
„In Berlin gibt es große Probleme mit Wildschweinen."
„In der Großstadt Berlin?" Leon versteht das nicht.
„Der Wald wird immer kleiner, weil es so viele neue Häuser gibt. Also gehen die Wildschweine in die Stadt und suchen da etwas zu essen", sagt Anja.
„Ja, klar! Die Wildschweine gehen zum Bäcker und sagen: ‚Guten Morgen, ich hätte gerne zehn Brötchen ...'"
„Leon, du bist so blöd! In Berlin gibt es wirklich große Probleme mit Wildschweinen."
„Was denn für Probleme?"
„Die Wildschweine gehen durch die Straßen. Im Garten machen sie alles kaputt: den Zaun, den Rasen, die Blumen ..."

Leon weiß das alles nicht.

„Stimmt das wirklich, Anja?"

„Ja, das stimmt! Meine Eltern haben immer so schöne Blumen im Garten. Aber die Wildschweine kommen oft. Jetzt haben wir keine Blumen mehr. Der Rasen ist auch kaputt. Und mein Bruder kann im Garten nicht mehr Fußball spielen."

„Warum wohnst du nicht mehr in Berlin?", fragt Leon.

„Mein Vater hat einen neuen Job an der RWTH Aachen. Er ist Professor an der Universität."

Rheinisch-Westfälische Technische Hochschule Aachen (RWTH)

Exzellenz-Universität, ca. 32.000 Studenten

Studium: Maschinenbau, Elektrotechnik, Medizin

7 Gefahr im Wald

Plötzlich hören sie wieder ein lautes Knacken.
„Sieh mal, Anja, da unten … drei Wildschweine!"
„Pst! Wir müssen leise sein! Vielleicht gehen die Wildschweine dann wieder weg", sagt Anja.
Aber die Wildschweine gehen nicht weg. Sie sind sehr aggressiv. Sie laufen immer wieder gegen die Leiter.

Im Mondlicht sehen sie die großen Zähne der Wildschweine.
Anja hat große Angst.
„Hoffentlich geht der Hochsitz nicht kaputt", denkt Leon. Auch er hat jetzt große Angst.

🌲

Anja und Leon müssen lange warten.
„Endlich! Die Wildschweine gehen weiter", sagt Anja.
„Meinst du, wir können jetzt nach unten gehen?", fragt Leon.
„Nein, Leon! Nein! Die Wildschweine sind immer noch hier im Wald."
„Frau Breitner und Herr Linder sind bestimmt sehr nervös. Und Stefan wartet auch!" Leon denkt an seinen Freund und fragt: „Anja, hast du schon neue Freunde in der Schule?"
„Nein, leider nicht", sagt Anja leise.
„Warum nicht?"
„Weil ich die Neue aus Berlin bin."

8 Fußball

„Spielst du Basketball?", fragt Leon. „Die anderen Mädchen aus unserer Klasse spielen alle Basketball oder Volleyball."

„Basketball spielen finde ich langweilig. Ich spiele gerne Fußball."
„Fußball?", fragt Leon.
„Ja, das ist das Spiel mit dem Ball und mit elf Personen in einem Team ..."
„Ha, ha!" Leon lacht.
„Ich habe in Berlin in einer Fußballmannschaft gespielt. Unsere Trainerin hat auch die Nationalmannschaft trainiert."
„Wirklich? Die Frauen sind doch Fußball-Europameister! Das ist ja ..."
„Was denn?", fragt Anja.
„Na, ich sitze hier im Wald. Es ist dunkel. Unten sind Wildschweine. Und neben mir sitzt ein Fußballstar aus Berlin!" Leon lacht.

„Du bist blöd, Leon! Welche Hobbys hast du denn?"
„Na, ich spiele natürlich Fußball!"
„Ach ja! Und wo spielst du?", fragt Anja.
„Ich spiele im Fußballteam der Schule."
„Gibt es auch ein Team für Mädchen?"
„Nein, noch nicht. Aber du kannst doch damit beginnen!"
„Mensch, Leon! Das ist eine richtig coole Idee!"

9 | Neue Freunde

Anja und Leon sind immer noch im Wald. Sie finden die Situation nicht mehr so schlecht. Sie sprechen über Fußball.

„Welches Fußballteam findest du gut?", fragt Anja.

„*Alemannia Aachen* natürlich."

„Kenne ich nicht."

„Du kennst *Alemannia Aachen* nicht?"

Alemannia

> *Alemannia Aachen*
> ist die Fußballmannschaft
> der Stadt Aachen.
> Die Profi-Mannschaft
> spielt im Moment in der
> Zweiten Fußball-Bundesliga.
> www.bundesliga.de

„Nein. Spielen die in der Ersten Bundesliga?"

„Im Moment nicht, aber hoffentlich im nächsten Jahr. Welche Fußballmannschaft findest du gut?", fragt Leon.

„Na, ich sehe natürlich immer gerne Spiele von *Hertha BSC Berlin*. Aber ich finde auch andere Teams gut: *Schalke 04, 1. FC Mainz, TSG Hoffenheim* …"

„Du kennst dich ja gut aus!"

„Ja, klar!", sagt Anja und lacht.

🌲

„Anja …"

„Ja?"

„Was machst du am Samstagnachmittag?"

„Keine Ahnung. Warum fragst du?"

„*Alemannia Aachen* spielt gegen *Fortuna Düsseldorf*. Kommst du mit?"

„Ja, gerne!", antwortet Anja.

10 / Endlich Hilfe! 🔘

„Anja, Leon! ... Leon! Anja!"
Plötzlich hören sie ihre Namen.
„Das ist Frau Breitner!", sagt Anja.
„Hallo, hier sind wir!", ruft Leon.
„Wo seid ihr?", fragt Frau Breitner.
„Hier oben ... auf dem Hochsitz."

„Geht es euch gut?", fragt die Lehrerin. Sie ist sehr nervös.
„Ja, alles o.k., Frau Breitner", antwortet Anja.
„Was ist denn passiert?", fragt der Förster.
Leon erzählt: „Wir stehen unter Bäumen ... dann hören wir etwas.
Und dann sind da plötzlich Wildschweine ..."

„Ihr könnt nach unten kommen. Die Wildschweine sind weg", sagt der Förster.

„Im Moment haben die Wildschweine kleine Wildschweinbabys. Die nennt man auch Frischlinge. Die großen Wildschweine sind dann sehr nervös und aggressiv. Es ist dann gefährlich im Wald", erklärt der Förster.

Der Förster fährt Frau Breitner, Anja und Leon mit seinem Jeep nach Monschau in die Jugendherberge.
Dort müssen Leon und Anja den anderen Schülern und Herrn Linder alles erzählen.
„Du Armer, ganz alleine im dunklen Wald mit der blöden Anja aus Berlin", sagt Stefan leise zu Leon.

„Stefan, Anja ist nicht blöd. Sie ist sehr nett. Und am Samstag gehen wir zusammen zum Fußballspiel. Du kannst gerne mitkommen. Aber wenn du Anja blöd findest ..."

Die Mädchen aus der Klasse fragen Anja: „Na, wie ist es denn so mit Leon alleine im Wald?"
„Wir waren nicht alleine. Überall waren Wildschweine. Ach, und Leon ... der ist richtig nett."

11 / In den nächsten Tagen ...

Am nächsten Tag fahren die Schüler mit der Sommerbobbahn.
Das macht sehr viel Spaß.
Am Freitag fahren sie mit dem Bus wieder zurück nach Aachen.

🌲

Am Samstag geht Anja zusammen mit Leon und Stefan zum
Fußballspiel ins Aachener Fußballstadion *Tivoli*.
Leon, Anja und Stefan treffen sich jetzt oft am Wochenende,
gehen zum Fußballspiel, essen Pizza, hören Musik ...

🌲

In den nächsten Wochen startet Anja eine Aktion: Sie beginnt mit einem Fußballteam nur für Mädchen. Plötzlich finden viele Mädchen aus ihrer Klasse Fußball spielen interessant. Ein Mädchen aus der Hauptstadt Berlin spielt Fußball und kennt die Bundestrainerin. Das ist das richtige Hobby! Anja ist jetzt nicht mehr die Neue in der Klasse. Sie ist die Fußballexpertin!

Und Leon? Er trainiert jetzt sehr oft. Sein Team spielt am nächsten Wochenende gegen das Team von Anja.
„Wir spielen natürlich viel besser und wir gewinnen", sagt Anja.
„Das sehen wir am Samstag ...", sagt Leon und lacht.

QUIZ

Nur eine Antwort ist richtig!

1

○ A   Nordrhein-Westfalen liegt im Süden von Deutschland.
○ B   Nordrhein-Westfalen liegt im Westen von Deutschland.
○ C   Nordrhein-Westfalen liegt in Belgien.

2

○ A   Monschau liegt in der Eifel.
○ B   Monschau liegt nördlich von Aachen.
○ C   Monschau ist die Hauptstadt von Nordrhein-Westfalen.

3

○ A   Wildschweine sind nicht gefährlich.
○ B   Wildschweine kaufen beim Bäcker ein.
○ C   Wildschweine leben im Wald.

4

○ A   Anja spielt gerne Basketball.
○ B   Anja und Leon sprechen über
         Fußball.
○ C   Leon spielt nicht gerne Fußball.

Lösung: 1B 2A 3C 4B

Bildquellen

Alemannia Aachen GmbH, Aachen, Seite 26; Deutsches Jugendherbergswerk Landesverband Rheinland e. V., Düsseldorf, Seite 8; Fotolia LLC (Ekku), New York, Seite 3, Seite 12; Fotolia LLC (Nicolas Larento), New York, Seite 17, Seite 31.Hintergrund; Historische Senfmühle Monschau, Monschau, Seite 10; iStockphoto (Abel Leão), Calgary, Alberta, Seite 14; iStockphoto (Stollen), Calgary, Alberta, Seite 9; shutterstock (Mikus, Jo.), New York, NY, Seite 28, Seite 31.Vordergrund; Sommer- und Wintersportzentrum Monschau, Monschau-Rohren, Seite 29

Weitere Hefte in der Reihe:

Gefahr am Strand
ISBN 978-3-12-557001-6

Abenteuer im Schnee
ISBN 978-3-12-557002-3

Blinder Passagier
ISBN 978-3-12-557004-7